墨 尘

Mo Chen

孔鑫雨 著

长江出版传媒
长江文艺出版社

孔鑫雨

山东菏泽人,现居东莞。中国诗歌学会会员,广东省作家协会会员。著有九部长篇玄幻小说,出版小说《你是我放不下的心动》、诗集《揽梦听雨》、韩语诗集《娃》等。有小说、诗歌、散文作品发表于《中国校园文学·青年号》《星星》《作品》《延河》《诗歌月刊》《绿风》《鸭绿江》《辽河》《青年文学家》等。部分诗歌被翻译成英语、西班牙语、韩语等。

目　录

第一辑　山水诗行

垂钓者　003

望湖　004

园中雪景　005

初春　006

庭院一角　008

秋日散笺　010

春风里飘满果实的味道　012

山涧　013

山水的诗行　014

麦田私语　016

赏荷　018

恋荷　019

爱荷　021

听荷　022

思荷　023

风轻花落语　024

相遇·香遇　025

026　城中森林

028　桃花

030　我抓住了春天

031　清晨的露珠

032　太阳雨

033　流沙

034　烛映青山

036　海上

037　潮涌

第二辑　微雨清韵

041　镜子里滑落的羽毛

042　电话

043　放逐

044　俘虏

046　船屋

047　心中那根弦

048　梦境移动的青春

050　心雨

051　爱情的模样

052　最美的遇见

053　多情花草

054　没有一首情诗不无辜

055　深秋里的脚印

056　月光下的少女

夜色从不是逃亡者的外衣　058
从寒冷到炙热的奥秘　060
最后的温柔　062
疼痛的灵魂在呼唤　064
谁在前世约了你　066
永远有多远　068
纠缠　070
夜已殇　072
寒风从未懂那些记忆的碎片　073
等　075
空巢老人　076
虐　078
锁清秋　079
誓约　080
不能删除的记忆　081
心在流浪　082
伯牙　083

第三辑　暗夜墨迹

墨　087
黑夜没有放过我　088
忧郁　089
第三灵魂　090
落入凡间的天使　091
蝉在呐喊　092

| 003

094　魔法只出现在歌词中

095　惊梦

097　流浪

098　白与黑

099　清晰与模糊

100　梦魇

101　如果

102　无法复活

103　在雨中

105　寻找出口

106　可悲的现实

107　空缺的灵思

108　独角戏

109　幻觉

110　危险的假想

111　旧伤

113　正与反

115　暗夜

117　世界风云

119　刺青

120　站在悬崖边上

第四辑　时间尘屑

125　蓝色哀歌

130　黄色森林

摧毁或重生　133
一棵树的恐惧　134
一面粗糙的镜子　135
谁是胆小鬼　136
我不懂雪，雪却懂我　137
烟花坠落之后　139
那被片片雪花扎伤的季节　140
语言的实验　141
夜半的声音　142
泪迹　143
变色杯　144
时间重叠后的多维度力量　146
自动摇篮里的未来　148
英雄在心中　150
孔　151

在两条不同的河流间游弋（代后记）　153
推荐语　158

第一辑

山水诗行

垂钓者

在洒满露水的河岸,用一根渔线计算
鱼嘴与山凹的距离。我听见鳟鱼五重奏

在一夜疏风中响起,犹如抒情女诗
用三分钟梦境,收藏发丝间的呓语

想象力的木筏,用极限奔跑,冲向
航行的尽头,那些钓竿上的鱼饵

变成一封垂钓者写给大海的情书
水面冷静,浮萍用流云修改生命符号

芦苇伸出手指,触摸天空的每一处
敏感神经,如同在玄幻小说的迷宫里

炼制意念的灵药。云海以玫瑰般的花瓣
点燃黎明,将思想从时间的永恒中解放

用一根鱼竿钓起你眼眸里的万千星辰
我看见一对睡莲朝着晨光的方向歌唱

望 湖

天狼把夜晚点亮，我站在桥边
把心事沉在湖底，鱼群仰视着
隐月的寒光，筹划另一场密约

当车灯把身影拉长，一切已飘远
唯有岛礁倾听流水控诉命运
浪花落处，弹奏着一曲凄凉

手指漫向孤独，飞沙掠过眼睛
风却打不开心灵的门锁，像堤坝
装满一湖梦魇、杂乱、悲伤和无奈

深壑倾泻的词语一个个垂挂于心头
我接受这短暂的停留，却又不舍
安静下来的尘世。在转身前

再次瞭望挂在林莽中的湖面
我想湖水也有心事，假意沉睡后
深夜才不会涌起半点波澜

园中雪景

情曲尚未终了,林中空地
已堆满时间碎屑,那些

从天而降的舞者,满头青丝
终于在寒光中凝结成霜发

枯卷的树枝写满青春留言
仿佛少女心胀破梦的衣袂

几束腊梅噙着被春秋用旧的风水
用一生的香息为大地造像

季节炼制这白银般的皎洁
勾连着游人抒情的雅兴

天地如镜,站在尘世的屋檐下
我是一个心思纯净的人

初 春

大自然把重复无数遍的词汇
——春天,打印在大地时
一切都在聚合,又在离散

蚂蚁躬身建造地下宫殿
像匆匆走过的人群
把行色搬入内心的壁垒

它们潜入尘土迎接第一场
即将到来的春雨
走在松软的土地上

那些被挖出来的草根
通过泥土的芬氲
向脚底传达时间的秘密

破土的新芽探出脑袋窃语
树枝悄悄谋划着
打开收藏雨露的容器

花苞努力睁开眼睛
等待采花的仙使

带来世代相传的韵律

田野里，老牛拉着犁耙
沿着农夫的鞭影前行
翻开的泥土中

几条四处躲闪的蚯蚓
没有逃脱一分为二的命运
它们凝望另一半躯体

似乎抱怨不可抗拒的宿命
而我，总是在生活的低处
与它们萍水相遇

庭院一角

清风温柔,甜腻,微笑着
掀开夜的衣角,阳光

如金色的溪水,在桃枝上漫步
一只穿着金甲圣衣的战士

沿着粉红的花瓣,在它期盼
已久的阁楼里,解读我听不懂的

花语,孤傲的独行侠
沉醉在巴赫的无伴奏小提琴上

花朵摇曳,就像成熟的舞蹈家
以婀娜多姿的身体,把整个初夏

舞醉,她散发的馨香就像
燃烧的焰火,让湛蓝的天空

羞红了脸颊,草木一片寂静
我小心翼翼地来到她的暖阁处

仅仅一道欣赏的目光

足以惊扰她，打翻我酝酿

半生的诗篇，失落无声地
蔓延在庭院的每个角落

我成了最不受欢迎的闯入者
静默地把燥热装进心海，收紧

秋日散笺

绿叶在指尖上翻卷
果园从掌纹中蜿蜒
秋意渐浓,淡淡清甜浸入唇间

微风吹拂一座村庄的信仰
仿佛少女的歌声唱响梦境
小雨落在脸上,心底田野般丰盈

落目无边,与千亩橘园对视
簇簇小乔木用密叶刺穿水面
我们之间不再隔着茫茫薄雾

身披暗绿的光,村庄恰似未化妆的
娇娘,山谷中那面深幽的铜花镜
还荡漾着几头老牛倔强的背影

深入果园,我踩过的林中小径
用神奇的超弦,拨通一树果实
尚未吐露的情意,满园起伏的音符

沁人心脾,手捧一串青柑的浴露
与她们相约每个瓜果飘香的季节

用秋日的散笺谱一阕同心曲

记忆中的远方胀满眼眶。麻雀低飞
落在橘杆上,片片秋叶被翅翎翻动
一幅金色的画卷在时光中流转

悬垂枝头的宁静,随流云飘浮
在天地间扩散,不忍打破脚下泥土
野性的呼唤。我沉醉于清风中的甜润

与一方沃土相向而立,千丝乡情
从眼眶里升起,漫过屋顶和山冈
覆盖了城池的喧嚣与繁华

相逢于陌生又熟悉的城市
我漫长的旅途仿佛又有了起点
我要把满园橘香装入诗囊,带向远方

春风里飘满果实的味道

芦苇轻荡,杨柳吐出嫩芽
春天踏着河水的清澈,追赶
浮出水面的鱼群,走在田垄上

裤脚沾满泥土和油菜花的香息
蜂蝶赶来,与我争夺花期
我们醉倒在金黄的海浪里

田野花随影动,好像对镜梳妆的少女
把青春的烂漫和溢出泥壤的芬芳
藏进大地的口袋。从天空俯瞰

一垄垄田地,就是被犁耙雕刻出来的
图景,从千年的烟霞中走来
保持泥土雨露的记忆,鲜活如初

如果把春天比作一首情诗
有写不尽的曦光与岁月的温情
聆听花开的声音,把最美的音符投放在

山岭与密林,若你在星辰露出笑脸时
如期而至,我手捧果实
你将会闻到整个春天的味道

山　涧

大自然在赠予，也在索取
它在化石上让青苔与露珠一起
涌动，又在风中收回花朵的娇红

翻越一座山峰，每片草叶的眼眶
都装满云霞，捧起从石缝中汩淌出的
潮汐，我听见枕木滴水的声音

取一杯山涧，邀清风谱一阕芙蓉词
纸上蔓生的荒野，如奔流的文字密林
被祖先发明的斧子毁灭或创造

曙光慢摇，红杜鹃啼唤远誓的江湖
山峦起伏，朱顶雀背着月光穿透纱帐
泉水冲散薄雾，农耕者的犁耙

牵系社稷。母语的土壤生长
蒹葭与诗句，一株鹿衔草
都会认清从我心底漾过的波纹

山水的诗行

雪花把微尘埋在树根
风铃翩飞,枝头蓓蕾
已摇醒一座城池辽远的春意

街巷的青藤开出繁花
天空碧蓝,古道幽深
追梦人的脚印浸染岁月芳菲

从山脚的春景走向盛夏的山顶
沿着自然的时序与鼓点
天空与大地在洮河畔交换眼神

临潭倒映云杉,蝴蝶轻嗅涤绿的时光
蓝孔雀在即兴舞蹈。碧波之中
我用一枚树叶舀起这神圣的宁静

伴随花开的声音,小雨淋湿了街道
洗涤了尘世。坐在云飞处
我采摘茶的香,怜惜风的暖

花香衬托星群,哺育幸福与恬静
石门金锁与朵山玉笋,以时间的风情

诗的含蕴，与漾起波光的河面昼夜相亲

弯月在松针上行走，步态轻盈
那布满驿马站的丝绸之路
仿佛带我从异乡走回了故土

白石山如烈焰般点燃我喷薄的激情
举着莲花在山脉间走动，打量这里的
山陵，脚下的海拔不断变换高度

披着雪景翻飞的雁阵
勾勒着这片土地的空间和线性
楼宇成为峰峦的另一种形态

如果水是山的灵魂，洮州河的水
足以让万物沸腾。飞鸟热爱高空的朝阳
青草和松柏，聆听翅膀挥动的音律

用古老的河砚研磨，谱写山水的诗行
我随手打开一部新书
就会有江淮遗风，带着洁净的意境飞升

麦田私语

麦田展开春天的卷轴
老屋上的炊烟
怀抱着故乡的天穹
在微风中合诵
大自然的诗章
每一行都让人惊艳

红霞折叠起春天的雨幕
田野阡陌交错
就像一张魔毯提起山野
走进
蓝白相间的云层
大地在节令里翻身

麦穗刺穿天空
尽情吮吸时间的乳汁
像琴师反复弹奏过的田园序曲
在虫声与蛙鸣中
我听到了山水的对吟

漫步在田间小径
脚印与父辈们的足迹重合

尚未饱满的麦粒
饱含梦呓般的激情
以一棵庄稼的形态
喂养着人类的未来

檐下春燕
喙中衔着湖海的潮汐
麦浪不分昼夜地翻滚
麦秆以笔力的遒劲
完成时间的修辞

农人拿出镰刀
看烈日，把麦田
晾晒成另一个新生的季节
这一方水土的面部表情
从容又简单

赏 荷

在宝塔与古刹之间
一条通往世外田园的路
簇拥着被莲花点燃的佛焰

万千花朵吐露甜腻与温柔
荷塘敞开怀抱
向每一个远游者绽放笑脸

我与万亩荷塘促膝长谈
荷叶间的每一滴雨珠
都让我充满了醉意

那个穿红纺裙的姑娘
从花间走出来
保持着川东小平原的素净

微风用一池青莲
为田城的山水作序
我从一枚荷瓣中读懂了水土的密码

恋 荷

从画卷里走出来的仙子
隐匿在一株荷花中
拂去尘世烟雨

穿行在万亩荷塘里
脚步没有停下之前
风收紧了声音

仿佛巴山夜雨的柔情和记忆
被花朵唤醒，这片土地
在花香中躁动

荷田的烈焰红唇
已把青山的眉眼吻遍
明月坝的流水与塔尖上的曦光

在时间的轮廓上重叠
唇印锁住了荷焰
一首诗，一个词

在巴人探望过的峦嶂中荡漾
我从梦境拉回现实

又从现实穿越梦境

我用目光切换花海
犹如用文墨和思念来惦念
那个被荷叶掩映的知己

爱 荷

被阳光剪裁的荷叶
在水面上映照出无数的倩影
薄雾把洼地的上空涂成白色

一只在叶子上停歇的蜻蜓
正在研究雨滴的分子结构
娇荷含羞,释放无色荷尔蒙

满池莲子像是一对对情侣,或者
一对对情侣的聚合体
从我指间滑入莲房的光

铺开多情的想象。万顷荷塘
被风吹低身躯,正用一根根
肋骨,托起整个夏天

听 荷

倾听荷塘的呼声，身体倏然轻盈
莲藕用它的执念换取的东西
成为花瓣上漂浮的音符

时间之贼窃去光阴背后的光阴
纵横交错的枯荷令大地冷场
一把折扇叠起繁花落尽的殇恋

所有季节都有正反面，被
凄风苦雨淹没那些带有野性的乐章
留下一些休止符认领自己的领地

假如莫扎特的《安魂曲》，能够
安抚一池遗言，请把墓碑立在莲池边
让时光留住芳香与清凉的人世间

思 荷

水潭把莲蓬插在一颗星星上
万川披挂月色,为缺席的花朵

补遗。落入掌心的莲子
向露珠能够洒到的地方索要未来

这稚嫩的生命,和我一起阅读
生存法则,春潮带来崭新的词语

从观赏的花朵到入药的药引
她把一生都捐献给了大地与人类

摊开手掌,左手和右手间隔着
一道河流,我与一粒种子的命运

成了平局,仿佛看到了微茫的自身
无法把归宿和归属融合。一枚莲子

承受着生命之重,慢慢浸入水中
靠河流与现实多余的残渣维系生命

风轻花落语

手指伸进池塘
我想用天马般的思灵
换取一抹馨香

鱼群用一连串的省略号
惊疑于荷叶翻飞的节奏
如同微风拂过我内心的弦度

我用一个惊叹号询问
飞过万顷荷塘的蜻蜓
是谁主宰了泥土里

脱颖而出的莲子
以及她的洁净和温润
黄昏和黎明同时沉默

只有花瓣与细雨的和声,以
未尽的词句,在我离开前
画上句点,解读世间美满

相遇·香遇

草坪把天幕揽在怀里
站在山坡上的花园王国
以十四公顷的香韵
为黄旗山化上彩妆

风从南面的山坡吹过来
那些温婉的、倩柔的、娇媚的花苞
绽放出水境花园的浪漫
五感花园的唯美,牧歌花园的悠远

我与一只鹭鸟靠在凉亭栖息,凭栏处
岭顶的灯笼传来清澈的涛声
呈花瓣形分布的园林漫出眼眶
十二种天然色彩在云朵里翻滚
以海浪与翱翔的模样
放飞一只饮醉花蜜的蝴蝶

走进梦幻世界,恋爱中的花草
似乎带着魔力般的甜腻
情窦初开的年纪,注定
要与这座城池不离不弃

城中森林

一棵桂花树总能盛开出一群人忙碌的旅途
把心交给原始的宁静,我看见了生命的颜色

被花露与燕子的诗行问候过的城市
阳光透亮且清爽,山海寂静地呼吸

所有色彩都融化在一部精装书页里
有些花草的种子路过我的手心

串缀起这条"翡翠绿链",从密林深处
挺起身来,随岁月的缕缕香息走向高远

在城中森林奔腾的万千花草,被赋予
青春和灵气,洋溢着幸福的斑斓

流水掌灯,看湖水绚烂后的深沉
望千里之外,这个比草木还深的世界

我们在反思和反省中
是否会珍惜
花语纷呈的生活环境

是否会珍爱
那些为了光明而坚守灯塔的人

我凝望远方,空旷的夜包裹着我
静默成了我们之间谁也不愿打破的局面
而我走过的长廊,已形成一幅巨大的水彩画

桃 花

春天站在村野的草丛里
晨曦在雨露中复活
花瓣总在被蝴蝶遗忘的速率里
获取时间撒落的芬芳

午后阳光轻拂后院的桃树
跃上枝梢的花朵，洒脱地舒展
占领人间的每一寸荒寂
燕雀翩飞，翻开一阕归去来兮

唱醉了满树的浅红，青天流云和雨水
灌溉着田园梦想
万物清明，远方的群山
牵挂着候鸟的视线

从花蕊中抽出一缕情丝
嫁于春天。千叶桃红踩过炊烟漾起的
涟漪，用碧水的琴弦书写春之山河
返青的枯木，记录着花明柳暗的细节

如果云在散开前是风的前身
山在耸立前是水的故事

这渴望甘甜的满园浆果
便是蝴蝶的前世

我抓住了春天

湖水荡起二月的雨
指尖划过稻田
轻抚被打湿的翅膀

闭上眼睛,感受
花朵欲张微合的嘴角
廊桥颤抖而滚烫

蝴蝶打开前世记忆
飞向田园深处
黑夜与黎明之间
梦寐一场绚烂的盛宴

在这个播种的季节
风雨过后,满地的花香
只为一颗糖果的香甜

清晨的露珠

阳光分解成碎片,倾听
沉寂一夜的大地

田垄上,金黄色被金黄色所覆盖
两种笑脸在城市边缘变得更加清澈

丰收和汗水重叠在一起
九月清冷而又炙热

尘土拱起身躯,用力呼吸
即将消失的露珠感叹着

昨夜月亮流下的眼泪
我分不清她是喜悦的还是忧伤的

或许某种情绪只是我强加给她的
深秋是丰收的结束也是萧条的开始

当现实成为过往,我和露珠一样
只是这个时节的过客

太阳雨

曦光透过乌云,照在
一朵半开的鲜花上
雨珠的甜腻伴着稻穗的舞步
填补了她被辜负半生的心灵

夜晚,虫鸟噤声后
喝醉的月光,收捡一地花雨
我沉溺在微风私语的稻香里
把心收紧又放开

土地开始蠕动,眼底的金黄
就像暗涌的鳞片,锁住水分子的花园
用呼吸感受神秘的力量
血管里的波纹找到了另一半

流　沙

河水用沙粒铺满苍野的心口
朝霞从天边飘来，脱下彩翼
内心里那场暴风雨被阻隔在天际

我与山峦之间隔着一片汪洋
就像看不透你眼睛里的暗光
以屏镜般的虚空作一幅沙画

就地画圆，亮色调压制着暗蓝
以时间划分星系的格调
香烟暗蚀，空留萦绕的迷雾

倘若世界由沙石构成，大地与天空
之间横亘着一堵墙，睁开双眼时
现实世界早已如流沙般匆匆逝去

烛映青山

夜风踏着草地在微雨中停歇
树影洒向暗青色的湖面

褪去鞋袜,以体温给大地暖心
前路模糊,让心灵暂避一隅

清馥的发丝披在夜的肩头。宵烛
把青山映出娇羞,看蟋蟀对歌

草丛深处,一对野鸭追逐爱情的梦杳
手挼衣袖,触摸空夜凌乱的心跳

倍惜咫尺的风光,星子闭目沉思
不扰乱这世界的烦扰和清凉

一束燃尽的烛光就是往昔
静谧的巷陌存不下手挽手的迹象

从蜿蜒小路到宽敞的街道
被洗涤后的人生又恢复了原样

我带不走萤火流逝的光阴

也带不走蛙鸣寄宿的天堂
只有留下这片被苍山遗失的草地

海 上

　　海水在涡轮的转动中,奔腾
　　细小的浪花,在身后
　　画出一道长长的月白

　　风在耳边呼啸,发丝
　　锁住因激涌而炙热的脸庞
　　我想抓住一朵远去的浪花

　　那穿透骨缝的海风
　　迎面扑来。起雾时
　　霞光躲进了云层
　　波涛漫过四肢穿透灵魂

　　黑夜再次淹没潮汐
　　上弦月依然挂在船头
　　凝望着潮水的暗涌

潮 涌

风暴隐藏在黑夜的深处
撞击海岸,在礁石上舞蹈
海岸容纳所有的浪花

海鸥不是故事的旁观者
它们以彩虹的身姿翱翔
大海发泄涌动的暗流
触动彩虹的每一根神经

风起了,雨来了
海风轻揉雨丝的脸庞
抚摸海潮爆发前
即将发酵的海滩

以秒来计算爆发的时间
大海用浪花翻涌潮湿的夜晚
从虚假的表象到真实的翻卷
夜空和空夜对换

我听到了呼啸
听到了号叫
听到了沉闷的呻吟

甚至听到了船身摩擦暗礁的声音

这是我们不知道的另一面
这是我们不熟悉的大海
很多故事发生在黑夜
发生在人们沉睡的时候

黑夜退去，大海还是平常的样子
舒展身躯，复归平静

第二辑

微雨清韵

镜子里滑落的羽毛

镜子的背面是另外一面镜子
关上灯,戴着面纱的人
在镜子里隐去忠实的身体

穿透窗帘的月光摆脱桎梏
用另一种语言
唤醒沉睡的白马

骑士提着灯盏,解救黑夜
持续瞬间的永恒

潮湿的夜晚
滋养花蕾
眼睛注视着眼睛
宇宙涌动

风暴来临前
她褪去自己的羽毛
接受风雨的洗礼

电　话

我们漫步在相聚遥远的街头
望着同一个月亮
诉说，秋风带来的花香

脸颊以红色警戒，手指
画出另一个时空
言语间，充满灵趣
灵魂在同一个天幕碰撞

黑夜用幽静把内心的嘈杂流放
一座无形的桥梁架设在看不见的深处

从天南海北到生活琐碎
时间定格在夜跑的小路上

用真诚和善良触碰心中的彩虹
肆意发酵的暗香
只需一道流星
足以迷醉整个大地的心房

放　逐

我是一个只有几两爱情的人
却愿意把所有的重量都给你

我是一个懒散又不负责任的人
但我会用一生去解读你、解救你

我是一个睡到自然醒又赖床不讲道理的人
但我愿意揉着双眼
为你做一份丰盛的早餐

我是一个暴躁又患得患失的人
可我愿意为了你的一个微笑
耐心整理思绪，等待你的表扬

俘 虏

夜色从窗缝中,窥视内心的幽独
我躺在银色水面上,靠向一池

宋词的驳岸,被你用洁白的宁静
截获的芳心,在相思的涛声中

暗殇,把眼泪放大一千倍
就像发酵的烈酒,刺骨辛辣

仿若被古典尘缘施了魔法
我们阴差阳错在一间破庙中邂逅

用弦月的韵脚画地为牢,彼此
在越扑越旺的爱火中挣扎,煎熬

我痴恋于你眼中装满山河的风雅
和笑容中十里春风的恬淡

假如把我残缺的余生变卖,你可
愿意收留一缕游荡的孤魂?

在颤动着的字里行间,我将

化作滴滴小雨，溶解在你梦幻的

舟楫上，让浪花的诗意成为最佳
伴侣，在大海的胸膛上狂醉不醒

船　屋

在哪里相遇，记忆已经模糊
唯有你眼底的波澜，依旧
悬挂在心尖

风雨将脚步收紧
心中有个微弱的声音
将我引向密林深处

迷路的小鹿
从黑夜奔跑到黎明
填满月亮的残缺

船屋里的摇篮，随风飘荡
你的笑容比星辰灿烂
所有的时间停在这一刻

这一刻
迷惑着我
迷惑着
划过眉眼的烂漫
迷惑着
全世界路过的精灵

心中那根弦

凝一滴雨露,聆听春风的呼吸
摘一捧星辰,倾诉心中的瑶池梦

夜色空灵,滚烫的星河
以万种柔情,叩开相思的重门

走在草地上,用脚掌的温度
感受泥土的冰凉与青翠

心海轻舟微荡,痴心呓语
把爱的流火,散落在大地心房

云烟深处,谁典藏了缠绵的情丝
让我穿梭在山水间,寻遍你的足迹

月光洒落青山的孤寂
百合花灌醉陌上红尘

三生石畔,以血泪刻上你的名字
让属于我们的彼岸花葳蕤美丽

我要用一根心弦,拨动远山的白水飞雪
看岁月洁净的花瓣,铺满相思渡口

梦境移动的青春

雨后
一棵老槐树抓住时间的棱角
人间四月天,早已展卷

在庭院上空。天际湛蓝
你旋开雪白的纱裙
用春天的眼神诱拐我

把世界还给山野,只留一指
花香,一条破损的藤绳
从不倾诉它被云雷环绕的瘢痕

而被时光驱赶的记忆
总在槐树开花之前
攥紧某些瞬间,黄昏落幕

已然凝聚成夜的漆黑
语言和言语,喘息在稀疏的
星空中,没有音色的风

戳痛一杯苦酒的感叹
抚摸一片枯叶,感受一颗

露珠的独白,拭擦尘封

在心底的微尘,我该
如何折断西风的辽远,回到
那个离别的夏天?异乡的

槐香从鼻腔进入心脏
你的笑容就像卷尺在衡量我
血液的流向。从未说出口的

思念,隐秘的发育
进入没有死角的回忆中
我穿梭在槐荫与城镇之间

像被梦境移动的人
用放逐的灵魂,来祭奠
我们在雨季里迷失的青春

心　雨

夜空如初生的婴儿，安静祥和
窗台那盆芦荟吸纳着露珠

它嫩绿的手臂就像你宽厚的
手掌，把你的生命线与我

连接在一起，我仿佛看到了你
含星的眼眸，倒映着彻夜的温柔

流星划过，天空中出现你的笑脸
我许过的每一个愿望，都没有辜负

辗转难眠的空夜。你说雨是心中的浪花
我是你心海里唯一的帆船

山海相恋，潮水解读身体密码
一对海燕扬空飞舞，几世轮回

梦更加难忍，在眼泪落下之前
我早已化作雨滴，把你的眉眼吻遍

爱情的模样

青山把夕阳掩藏,浓雾飘洒而下
夜来香在你的必经之路,绽放

树木荫绿,颤抖的枝叶呢喃着
不为人知的私语,相思红尘

向前世借一抹朱砂,用浮光掠影
绘就一幅水墨画卷,我们在尘世间

把千年的情仇,收容在一颗星星内
乌云远去,痴情的鸟儿静默守望

百草在月下轻吟,那薄纱状的
衣衫压住岁月,在流年的渡口

沦陷。爱情的模样或许就是
从树林里穿梭,在迷雾中相拥

用减法丢弃哀伤,我把身心交付于你
将身影藏匿在树荫一角,兀自芬芳

最美的遇见

昨夜的草地,飘着你吻过的雨
坐在河边的茶馆里
点一盏莉花香雪
整理流放在深夜的情话

无根的浮萍在河面游走
就像某一个阶段的自己
在敞开心扉前
独自在秋风里飘零

品一口茶,嘴角溢出茶香
捂住左耳,聆听心声
雨丝再次飘落
街上的每一处笑脸
都是你眉眼的轮廓

多情花草

摘下一朵小花,戴在左耳边
蝴蝶落在掌心,咬破心里的思念

从冬天的阴冷到夏天的花香
我的一生都在追逐你走过的路

用十颗糖果换来一个微笑,当你
把深情的种子流放在一首诗中

花草挂在同一个天幕,任由命运
起伏。走出森林的荒芜

每片带着眼睛的叶子,随意思考
你抚摸过的花,注定在特定的时间里

绽放。我祈祷在雨天看到阳光
就像祈祷你转身就能看到我的拥抱

杯子里的水是没有流向的,而时钟
却总是在深夜十二点,准时提醒

没有你的夜深露重,抚玩夜色
我听见所有花草都在说我又想你了

没有一首情诗不无辜

万千河流在一片树叶的经脉间
涌动,雨季淹没了你的轮廓

云团铺满午后山冈,我把海啸般的
思念,传送给秋天的蝴蝶

从俗事中离身,在咖啡馆的某个角落
追上那束光,书写时空交错的波影

给你。浪花剥蚀曾经遗忘的时光
将早已哀怨的眼神换一个方向

痛楚时没有黎明,一枚秋叶的爱
并不比春天的吻更轻,却比尘缘更沉

我把丈量爱恨的界限,划清
灵魂和肉体之间隔着孤伤的独白

在拯救与被拯救的造梦中
苏醒,没有一首情诗不无辜

深秋里的脚印

秋风走过铺满石子的道路,清理着
满地落花和枯叶,黄昏空寂

呼吸着寒冷,在玫瑰凋谢的誓言中
身后遗留的脚印,映出即将摧毁的情感

在告别和被告别的角色中,满目星河
暗淡,我想要抓住心灵的起点

而衰老的情诗,应该和谁把酒言欢?
从秋天开始,到另一个秋天结束

被踩入泥土的往昔,早在冬天还没有
到来之际结冰,我的世界飘起了雪

看不清白茫茫的刺骨。心中那轮落日
就像玩弄黎明的罪魁祸首,我还要坚持多久

才能彻底遗忘黑暗,或许多年以后
我们留下的,只有那深秋里的沉重脚印

月光下的少女

她从线装书上抽出手指
一袭纱衣为月光染色
犹如夜空中浮动的虚竹

折叠的纸张,似乎听懂了
暮霭的手语,任由诗行
在星图上徜徉,文字的灵魂

在银色光带重新汇聚
语言吮吸着言语
书签隔开世间风雨
唯有窗棂上的光线

轻柔地托起明月中隐秘的意义
就像无丘的桑丘
永远拥有一颗抱朴之心
为历史烟岚作序

掩书而叹,从错落的字句间
找到心灵密匙
拨开词语的表象
人们都浮沉在歧义的裂缝中

蓝色云雀褪去外衣与夜交欢
她临风遥想
宛如一只落入凡尘的精灵
不曾惊动云中的半丝烦忧

当云雀远去,一些念头
在书香中觉醒
她需要空间,在月色的清冷中
安放一往深情

夜色从不是逃亡者的外衣

从一杯红酒中读你
我看见了
倒扣在午夜空瓶中的绝句

那剔透的红色,如一股暗流
涌进眼眶,在我内心的低洼处
惆怅地摇起桨橹

窗台布满荆棘
霓虹在舔舐城市的影子
在柔软的夜晚与沉积的梦境面前

我是一个蜷缩在故纸堆里的逃亡者
只想用恬适的诗句许你安然

而时光清浅,载不动一地落花的愁绪
唯愿你的指尖能拨亮内心的灯盏

让我悟透左氏春秋
雨丝飘零把街头吟碎
爱在一阕残曲中
没有音色如此卑微

所有的星子，已远嫁深空
而空酒杯中
再也无法泛起旧梦的潮汐

从寒冷到炙热的奥秘

夜,坠落在城堡之外
我打开房门,让心空了

等你住进来,一起倾听烈马
撕开四野的低吟。那些被诗句

征服过的星云,从午夜开始
吻上你蔚蓝的脸庞。晨光的手指

解开远山隐约的面纱,用致幻的
摩斯密码,传递隔空的妙语

只需一瞬,冬天里的薄暮就能
解读从寒冷到炙热的奥秘

这个时辰捂住眼睛,掩藏内心里
滚烫的波澜,如娇羞的月牙儿

躲进你用爱漾起的水天一色
用笔墨蘸着如纸的岁月

手握玫瑰站在雨中的爱人

你有什么样的心思
天上的云就会有什么样的表情

最后的温柔

用一把生锈的刀,慢慢划开胸膛
凌晨三点停止跳动的心脏
流下一滴孤绝的眼泪,而你
模糊的样子,正一片片破碎

黑色午夜还在喘息,红色的雨
吻遍整个空夜,每一滴雨露都在
细数过往潮汐。你从我心头走过时
把蓝色忧郁播种在三月的风里
入我梦,侵我骨,蚀我心

倘若尝遍人间疾苦,把最后的温柔
写成一封无字情书,是否丘比特
真的会来人间?是否会怜悯那缝补
之后还在渗血的合欢花?

从昏迷到完全失去意识的前一秒
灵魂脱离身体,漂浮在漆黑的海面上
没有目的、没有希望,甚至逐渐
失去神志,就像一道似聚又散的云烟

恐惧不会比绝望更可怕

爱恨在一瞬间比微尘更轻
当一寸寸发丝挣扎醒来,那白色
药片早已和体内的细胞做了交易

时间见证了短暂的凄美和幻觉
枕头上的泪痕清晰,外面春色
依旧风流,而我却只想沉睡在
死亡的最后温柔里,不愿醒来

疼痛的灵魂在呼唤

风闻着花香,将我包围在离你
更近的地方,时间在这一刻锁住
长夜的落寞,把想念转变成念想

如果等待有一个方向
我情愿从心脏抖动的血液里走来
做那个愿意背负悲伤的人

耗尽一生的元气去吻你
哪怕嘴角填满苦涩的霞光

当羽帐和风融为一体
拉开星夜的河床,我想用性感来描述

我们之间触不可及的秘恋
却总是在感性的边缘
给灵魂深处又添了一层新伤

将记忆撕碎,从时光裂缝中读你
洗掉惆怅之后
谁还会在意那些落花飞絮?
煎熬的愁绪如雪崩

把相思埋得更深

被黑夜咬碎的孤寂,与眼中的空洞
一起崩塌,在你没有到来之前
我早已遗忘了自己的姓氏

谁在前世约了你

走过忘川,摘一朵彼岸花
作为来生的见证
看不见的信物漂浮在河岸
在无尽的孤寂中锁定永恒

时光静止,我在群莽之上
翻找出你没有署名的契约
每一个文字都化成雪片
凝结在身体里

阳光刺透寒冷,灵魂分为两半
一半在黑夜里忧郁
一半被你蚀骨的言词驯服
酒杯拒绝宿醉

火焰般的手掌,触摸不到
流亡的春天,心开始下坠
如失去色彩的玫瑰
尘封宿命的轮廓。拉开星蕴的帷幕

用苦涩吟唱你的姓名,爱恨
在红尘里细数昨日的欢愉与哀怨

如果河流只是过客
请把雨露还给云朵

永远有多远

雨从未在风停时,停止流泪
我们呢喃过的情话
在无人的街道,充满
泥泞和荆棘,诺言颤抖
划出一道带着鲜红的弧线
穿透五脏六腑
消失在空无的黑夜

把鲜花和礼物打包投进垃圾桶
如同把心尘封起来丢进
密封的角落。一杯酒如何
灌醉整个世界的荒凉
没有心的洋葱
即使让眼泪再疯狂
也不过是虚假的表象

香烟从手指燃烧到心肺
深入骨髓的痛,麻木了神经
走进一条死胡同,空气稀薄
呼吸困难,分不清
是爱恋还是执念
我把音乐、文字、风景

当作解药,把幼稚和天真
留给刻骨铭心的纠缠,解救
无愧于心之所向的曾经

纠 缠

你离开时,把我的名字刻在掌心
融入血液中,照亮心灵之路
云河掉下眼泪
亲吻大地的眼眸。叹息声
抓住还未消失的脚印
写满离别的相思

风声是悄悄私语
我把这传情的信使收入行囊
跨越星辰大海奔赴而去
雷雨没有浇灭热情的火焰
却以黑暗天使的翅膀送我飞翔
花草睁开双眼
倾尽柔情医治苦难的大海
沦陷于无尽的深渊

我从海底醒来,想用半缕精魂
为忧思画上一个句点
发丝充满伤痕,一地心碎的花瓣
漂浮,灵魂漂浮……
死神用璀璨的明珠来诱惑我
你转身后装作一别两宽

没有痛彻心扉的纠缠
如何谈爱的存在
天空闭上耳朵，拒绝控诉
曾经满目星河的浪漫
只不过是玫瑰枯萎后的再见
再也不见……

夜已殇

雷雨过后,一杯酒饮醉了
沉睡的月色,我躺在草地上
任由吞噬灵魂的心魔,肆虐

眼眶涌出河流,如果想到你的名字
呼吸窘迫,我该如何
把你的幻影剪辑成画,留在记忆里

折一张没有翅膀的纸鹤埋在树下
就像埋葬那场再也不能飞翔的爱恋
凌晨五点,抽完两包香烟

指尖的烟草味只是提醒我
你玩过一场爱的游戏
却把我锁进了无尽的黑暗

如果可以恨你,夜空为何泪流不止?
如果回到朋友的位置,是不是
爱就不曾留下任何记忆?

我惊叹于你风轻云淡的转身
早已在无形中,刻画了
执念和遗忘之间跨不过去的鸿沟

寒风从未懂那些记忆的碎片

咽下泪水,心里的城堡坍塌
胸口溢出咸味,被一杯酒
融合,就算饮醉整个夜晚
天亮时,月光也不曾留下一丝痕迹

扔掉那支烟,就像戒掉了
所有成瘾的欲望
嘴角的苦涩溢满缺憾

一块石头把泥土当作解药
自由和死亡
在华丽的辞藻中偶尔失控

善良中了蛊毒
无非就是疯魔
电流还在血液中游荡
吞噬了没有结局的地老天荒

街上有车辆缓慢移动
我站在车轮下反复挣扎
灵魂被肉体禁锢的可怜虫

是在繁华喧嚣中骨血倒流的弱者
扬掉握不住的尘土
刺骨的寒风从未懂那些记忆的碎片

等

寒风中看车流与霓虹,我用焦灼
不安的情绪张望那一抹倩影

招手间,风止花开、香浴夜空
树枝摇动发丝的羁縻,碧云隐匿

在我空想之外的繁星中凌乱
我机械似的把香烟当作一种安慰

心中万千疯语化作一连串的省略号
屏蔽一切空无的遐想,贝多芬

也弹奏不出无言的暗语和属于
雨夜中的嬉闹。我把思灵寄托于

一个梦幻的吻中,一只猫咪扰乱我
酝酿愁华的迷镜,风又紧锁眉心

在繁华的尘世间,我如何等待
一盏似归又摸不到的曙光?

他嘴角微起,如誓约的圆月
而我墨守千年的约定,等待曦光如至

空巢老人

门口的桂花树拱起腰身
从朝阳到落日,张望
熟悉的身影

院落内,干净又空旷
除了门口那张破旧的小凳子
和放在旁边被一只猫挠烂的半块馒头

秋风徐徐推开窗户
一位步履蹒跚的老人
围着灶台忙碌

耳边的银丝在打开锅盖的瞬间
蒙上了另一种白雾

微起的眉心
把岁月刻下的痕迹扭在一起
布满褶皱的双手
颤抖着,端起
热了几次变咸变色的饭菜

她习惯性地用浑浊的双眼

往门口眺望
又习惯性地摇了摇头

充满秋意的房间里
灯光温和又孤冷
除了猫咪前来觅食的呼喊
只有她一声不吭的等待
和期望……

虐

风吟唱着悲歌,让我把混乱的诗句
改写,我癫狂在酒与久之间魔恋

用指尖舞动,假装休克的内心
穿越上古卷轴的画幅间

火焰开始低啼,浪涛在幻念之间
把舞蹈的少女淹没,沉思以

刀剑的力量,在一粒沙石中静止
苍茫之外的异族,崛起的瞬间,陨落

失重的语言刺穿心灵,那无辜的六月飞雪
依然把我流放在银河之外

锁清秋

打开一扇窗,让囚禁的香烟飘出去
仿佛纠结的心也飘忽在空中

我把风撕开一道口子,等愁蹙走进去
满屋的冰冷却碎了一地。时间凝滞

等待被另一个等待所代替,万里
忧思穿梭在心间。谁会在意

那些自伤的灵魂?谁会在意那些
不经意断肠的话语?倘若相见情深

未语可知心,为何灯火阑珊处
寒风刺透了骨殖,蓦然影无踪?

梦醒之前把美好锁在记忆里
可一杯酒又如何锁得住满怀的愁思

誓 约

一部电影带来的视觉冲击和心理感应
随着剧情的发展而不断改变

我钟情于某一句话的痛点
就像我能看见你纠结后慌乱的眼眸

打开心门，不小心淋了一场细雨
你可曾记得三千泪里的约定？

时间无法原谅爱的沉重，霓虹何时
能读懂黑暗中的那抹微光

把糖放在嘴里，舌尖被甜腻融化
把糖放在心里，身心被幸福包裹

当味蕾失去感知，心灵有一个缺口
生活的甜蜜也伴随着酸甜苦辣

有时我看不清爱情的模样
甚至凭空去揉碎假象和真相

心海激荡之后，闭上眼睛
我依旧为那点点曙光，沉沦其中

不能删除的记忆

山峰与山峰之间,一朵云浪
被另一朵云浪所覆盖

朝霞绯俏,青松压雪与危石
相伴,反光映照出岁月的长河

指尖划过昨夜的泪痕
仿佛一场梦雨冲洗往昔

删除一段没有句点的旋律
褪去稚嫩的焦躁与凡尘外衣

灵魂飘零,我站在寒风中
保留最后的倔强,依然期待

一抹炙热的眼神,融化
早已冰封的心海,将我拯救

心在流浪

把你的眼睛沉入我的心房
我跟随你的脚步沿海踏浪

隔空的语言,把夜空照亮
苦涩的果实长出玫瑰的芬芳

请你不要聆听我内心的忧伤
我怕流浪的思念会疯长

冥想的风灌醉一杯春天
力度比火焰更加灼热

那个毛绒娃娃发出的喊叫
莫名刺痛发梢的神经

"疯狂"这个词掩盖了阳台上的桂花香
在你归期未定之前,一切都是荒凉

伯 牙

(王安石同名作古诗新题)

他对着空无抚弦,手指轻颤
四野飘散的音律,犹如时空
涌出的千年嗟叹,山河悲鸣

指尖生出的荒草,刺痛流星
暮色中鬼神出没,青空寂静
船在身体里疾行,落花凄伶

一抔黄土,掩映黑暗的孤血
故人远去,落日在海岸尽头
举行葬礼,他驾着山峦追寻

流水试图把高山放逐于天际
我踏上云梯抵达,爱恨相续
无人倾听的旋律,盈满内心

第三辑

暗夜墨迹

墨

从夜空到空夜,我走进一条死胡同
没有言语,只有一根发丝在呼吸

隐入黑暗的乌云,把造梦者的
骨头吮碎,变成蒙纱的薄雾

是什么困扰我,靠一首诗来
遗忘最痛苦的烟火?我想用一个

句号结束所有的恐惧,哀怨的
叹息声,如墨般泼洒在眼前

突然震碎某个器官,震碎
那一滴孤绝的鲜血。多病的夜莺

从树叶开始遗忘,把所有
带着念头的证据,埋葬在树根下

一座城市的深渊,吞噬灵魂的冷
那痛哭的人儿多么狼狈,谁不无辜?

疯狂的静脉,诌笑荷尔蒙一分钟的荡漾
放纵的年华终究在回头时,一地碎片

黑夜没有放过我

从针缝里看世界,看似亲密的人
抱了多大的恶,才能让六月飞雪

梦魇过后,翻开一张塔罗牌
死神告诉我,爱并没有错

不敌现实而倾倒的人,想用一个
程度副词在喧闹中安静,而那瞬间

美好的诱惑,笑着,哭着
无法醒来,从杯子摔碎那一刻

肖邦的音乐已不再悲伤,我想
在一首诗里重生,黑夜没有放过我

忧 郁

玻璃透过阳光,触摸到阴影的
另一面,重生和堕落之间
只差一个黑夜的转身

捡起一根落在地板上的发丝
刺痛没有写完的半页情书
悲伤这个词,往往在人无法表达

忧郁心情时,拿来大做文章
而我和它早已成为不可分离的
密友,注定纠缠一生

第三灵魂

诗人把爱情写到铭心刻骨
语句间充满唯美浪漫

而经历生死的人才知道,无语到
一定程度,那干呕的瞬间

带着刺痛和绝望,人总是
有两面性,天使和魔鬼

在同一个躯体占领思想领地
我却徘徊在天使和魔鬼之外

落入凡间的天使

一只拔掉羽毛的鸟
用尽全力维护尊严
树叶轻落
深夜是不可控诉命运的黑咖啡

我闭上眼睛,醒着
不规则的心率波动,再次
拉近另一个维度的距离

落入凡间的天使
把眼泪装进一个玻璃瓶中
被遗忘的角落
只要一个细微的声音
那一朵朵浪花
便能击碎整个银河的轨迹

蝉在呐喊

乌云用手掌把灰尘揉成一团
雷声把嗓音调到 G 调

夜的身后,有千万颗流星
用哭喊的语调,相拥于虚无

一只遇难的蝉,拖着长长的
脚印,变成一块化石

沉溺,漂浮,耳边的浪花
用隔世的温柔,敲击被封印的灵魂

死亡是不惧怕寒冷和黑暗的
只有那颗未亡的心,在挣扎中迷茫

它对着无尽的孤独咆哮,似乎
头顶悬着一把血剑,它拼命地攀爬

在绝望中咬碎空寂,被时间摧毁的
躯体,慢慢锁住孤绝的仇怨

石头把生锈的嘴巴涂满幽蓝

滚烫的泪,撕碎厉风

在泥土的缄默中,我仿佛看见
它战栗的翅膀开始祈祷

魔法只出现在歌词中

烟蒂烧到手指
死亡离得那么近
没有喝完的酒躺在杯中
静待被抛弃的命运

一首歌触及心底的柔软
谁与谁拥有丘比特之箭？
弯下腰，捡拾丢失的纽扣
赤裸的灵魂，关闭了耳朵

一把打开前世的钥匙
搁浅在月亮上
二月抽空的春风
隐藏丰盈的唇

草地冰冷，书信寄予谁？
避开逆鳞的醉酒人
在痛饮过后
痴笑空虚之后的空虚
偏偏又抗争一滴泪的穿心

惊 梦

浪尖扬帆,云淡风倦
海那头,摇起心舰

雨停霞涌,仿佛浪花般的
命运,一切来去不明

从清晨到日暮
她走在回家的路上

秋叶落尽,一地苍凉
夕阳下,身后的影子

在风中有些颤抖
她步伐很慢、很轻

风儿停住了呼吸
一声轻叹,眉蹙眼垂

她没有言语,心中
那遗忘的角落里

早已片片裂痕

尘世中飘零的落叶

何处才是归根之所？
她有些恍惚地走着

那一条漫长回家的路
就像一艘漂泊无定的船

找不到靠岸的港湾
夜深月斜时，窗纱微亮

床榻上，她眼角湿润
又是一夜惊梦

流　浪

从山东到广东，在地图上
也不过是几厘米的距离

而这几厘米的距离，我却走了
十年还没有找到返回的路线

从 17 岁到 27 岁，只是一场电影的
时间，我就不见了十年

白与黑

从打开心门那一刻,纸和笔
开始挑剔我写下的诗句

我将珍藏多年的情愫寄托在
一根香烟上,看着它慢慢燃烧

直到成为灰烬,成为又一个过去
走过的路如同记忆里死去的蝴蝶

那种追忆年华的悲和苛求芳香的喜
在一杯浓酒中,饮醉全世界

哭啼,凝聚所有力量颤抖
我把白天和黑夜对换,更能听清

心跳的旋律。摘下挂在树上的月亮
就像把黑扔进了昨天的轨道

不要再惊动光芒里的暗室,毕竟
那些梦魇都是过去被抛弃的落发

清晰与模糊

第三副眼镜配好之后，我把近视
锁在左耳边，以全新的视角

观看上帝的影子。把一滴泪的
悲伤看透，它肯定是

带着某种恨，才会哭着开出花朵
直到粉身碎骨。在模糊的世界里

看不到太多的恶，看不清空气的
流动，甚至看不清前方的道路

和一根手指的凌乱，朦胧的忧郁
如童话般诱惑着我，诱惑着

唯美主义的造梦者。我们追寻
看不透的自我欺骗，用尽全力逃避

看透的现实哀愁，究竟哪一种
世界，才是我们所需要的永恒？

梦　魇

敲门声，把我从梦中惊醒
辱骂声，就像死神拉开玄关

脚步越近，心底的悲凉愈加恐慌
我躲着狭小的房间，闭上耳朵

我假装已经死去，发抖的尸身
屏蔽呼吸，脉搏变得冰凉而紊乱

他来了，如邪恶的魔王
让我，闻到了危险的味道

世界正一片片破碎，掉进深渊
而我只是一个胆小的可怜虫

天亮了，灯依旧开着
除了冷汗，还有一地泪痕的空无

我请来一尊菩萨，开始赎罪
从此，他再也没有来过

如 果

顺着鲜花的朝向奔跑五公里
整个清晨充满咸味,汗腺和
血管狂饮一杯水,四叶草

拽住衣角的孤独,那个暴躁的
青年,莫名闯进迷宫
哭得像个孩子,掠过的风

走进我丢失纽扣的那条路
错误的时间里,有一个细小的声音
受制于夜晚的流星,就像发疯般

敲碎那个声音,敲碎声音
背后的癫狂。回忆就像一杯
加了蜜的苦酒,把我醉倒在

沉思的诗篇中,灼伤灵魂
钻入脑袋里的情火,焚烧血肉
折磨内心早已坍塌的城堡

如果时间可以倒流,我想我一定
会在某个节点,与你擦肩
宽恕那支带血的玫瑰

无法复活

从什么时候死去的,已经无法记忆
我只知道灵魂随着灰尘一直在下坠

世间充斥着腐烂的尸骨,谁会在乎
某个名字刻在哪里,谁会在乎雨后的

沙石冲走了多少往昔。可怜的孤魂
在拼命号叫,只有诗行里的痛点在

还原天空有过的彩虹。"死者"这个词
依旧刺耳,或许一个疯子的思想

是黑夜里危险的魔鬼,而我宁愿和
魔鬼共舞,也不愿在自我怜悯里复活

在雨中

漫步在街道上,高跟鞋踏着雨水
淹没在寒冷的孤独里,我无心理会

额前打湿的头发,也无心理会
溅在身上的污垢,只是漫无目的地

走着。眼眶灼热和施虐的雨水
摩擦交融,光线模糊

谁弹奏的乐章,让我的世界变成灰色
质问大海,我还要坚持多久

才能从一服中药里走出苦涩
灯火熄灭自己,从夜晚的哭喊中

沉睡布满荆棘的脚踝,就像
得了一场失忆的病,我倦于伪装

在暴风雨中迎接那刀子般的恶
如果我是一个盲人多好,就不会

看见落在地上的心碎被踏践

放逐的思想被悲伤成河流

受辱妥协,我依旧在没有
海岸线的孤岛上,自我灭亡

寻找出口

开水滚烫,从坚硬到柔软
只需要一个沸点,用一根筷子
搅拌人生,正面和反面

都长满了孤独。假如拥抱火焰
能够让满天的霞光永恒
化成灰烬之后,灵魂将不会疼痛吗?

用注定的结局书写另外一种结局
敲碎往事的悔恨,某些瞬间
有太多的难言之隐,我想安慰陷入

泥土的落叶,本就腐烂的身躯却
陷入滚烫又冰冷的尘世
复制一场隐遁的欢喜,代替时光镜子

我幼稚地以为在笑和哭之间
存在一种智慧,这种智慧能找到命运
出口的神秘钥匙,而它却从未存在

可悲的现实

从海水到淡水,一只虾完成了
它的使命,当灰色的生命变成
鲜红的食物,它已经没有了原始的倔强

当生活把我们的棱角打磨平滑
或许不想接受的一切
不可能的现象,都会成为平凡的过往

我试图把一棵树种在诗篇中
飘动的树叶是否
会扬起风沙,兴起一场风暴?

从泥土出发,寻找我们的根
空气中露出那只虾的诡笑
我有多少疑问,它就有多少深黑的凝望

在颠沛流离的生活中,曾经单纯的念想
或许还会存在,而很多的时候
我们终究会被现实,淹没在世俗的尘世中

空缺的灵思

一首诗写了一半,一支烟抽到枯萎
坐在只有十平方米的房间里,思潮

天马行空到沉静发呆,心似乎
停止跳动,我如行尸走肉般来回踱步

脚趾生出蚂蚁,把地板抓出一道道
痕迹。灵感是什么?突发奇想还是

蓄谋已久?一颗热泪如此疼痛
空缺的灵思让我恐惧,在诗人的

世界里,暂停键是最讽刺的词语
我无法和半首诗告别,可这封锁了

脚步的虚空,怎么才能找到一把
打开心门的钥匙。从体内搜刮坠落的

死亡之血,我最怕还没有迈出
房门之前,就死在了自我禁锢之中

独角戏

切断与外界的一切联系
心跳的声音格外清晰

游走在狭小的空间
解读一首情诗的秘密

手中的笔掉在地上
震动呜咽的落发

此刻,月光爬上树梢
窥探
我与影子密谈的一场约会

幻　觉

睁开模糊的双眼,一只会飞的蚂蚁
在面前舞动,我伸手想要抓住它
却只抓住了满屋子的酒气

地上零落的稿子,似乎自动排序
等待着我去捡拾,半截香烟
死状惨烈。我无法用一颗颗

透明的药丸,把灵魂唤醒
抽空的身体麻木而轻盈,只有
枕下那本《忧郁》对我不离不弃

危险的假想

在天亮之前,售梦者把一些
伪造的假想投放在梦境之中

亿万颗沉睡的星星,在一滴
雨珠下隐身。一只猫用望远镜

窥探我内心的迷宫,偶尔也会
有一头狼,用利爪刨开赴死者的骨髓

在遍地月影下,讴歌惩罚般引领我
走向深渊,无尽的黑暗

只有碧绿的眼睛,诡异地燃烧着
肉体发出惨痛的喊叫,我告诉自己

这只是一个幻觉,而回答我的只有
蠕动的黑夜。秋叶从树梢嘤嘤飘落

我把风声冥想成解药,在满嘴泥沙
长出绿洲时,这个时辰画上了句号

旧 伤

一首歌刺穿心灵,在寒彻入骨的
雨里迷离,灼伤眼眶的雨滴

在泥泞的草地,写下模糊诗句
摘下一颗星,询问你醉过的

温情,而被雨水冲洗过的天幕
低头不语,划开灵魂深处的旧伤

依旧回响着那些被蜜蜂
亲吻过的话语。夜色多情

少女蜷缩在寒夜里,树影孤冷
星火冥灭,一条河流

如何装下那么多的眼泪和伤悲
孤独只是一种流淌的时态

黑暗被黑暗包围,轻颤的手指
抓住一抹虚空,漂浮的半片残魂

如死亡般游荡于尘埃之下,那些

被追忆击碎的过往,散开又聚合

她以血泪祈求上天,变成一块
坚硬的石头,埋葬于悲凉的人世间

正与反

春雁飞翔起来
总能给人捎来希望
雨后泥泞的小路
就算美得像一幅油画
也会被干净的鞋袜所嫌弃

目光和内心不能同时
感知一种美的时候
美和丑,只是一面凸镜的正反面
月落酒醒时
昨夜便是被晨光抹去的部分

假如寂寞是我在空旷的人世
追求完美的一种解脱
那么梦境里的纠结
是不是被现实生活锁定的苦难?

沿着你走过的河道
捡拾远天遗失的花瓣
眼眶变得柔软
只需一粒沙
它就会掀起一片汪洋

失落，郁闷，甚至麻木与绝望
这些词藻都潜伏在记忆中
像一把利刃
把我内心的河流切成两段

生命处于游离状态
我该如何抗争？
用风骨和柔情？

闭上眼睛感受风的方向
曾经荒芜的灵魂
已经长满了花草

暗 夜

灯光闪耀中的迷醉时光
唤醒了沉睡的心灵,潜藏着
震碎耳膜的痛感
舞姿妖娆,一根香烟燃起欲望

空气中有青春的气息
也冲刺着纸醉金迷的魔咒
欢笑声、尖叫声、献媚声
在烟雾的笼罩下,陌生与陌生之间

仿佛隔着更加陌生的虚假
嘈杂声穿透各个感官之外的悲与欢
我就像一个误入游戏之内的局外人

眼里充满潮水,漫过音浪
漫过人群,漫过心底那座空城
杯酒微醉,我读不懂人海中的潮汐

夜色迷人心窍,多少时间随着
奔腾的眼泪疯狂,爱情的天堂
不属于星辰毁灭后的遗憾

梦很伤,跌跌撞撞,忧伤
吼叫着过往,一排排花浪飘过
是谁为谁荡起双桨?
谁又为谁默守着离殇?

世界风云

凌晨三点,月亮悄然探寻
夜色的秘密,病毒在星星的闪耀下
躲进地层中涌动

房间里灯火璀璨,啤酒和水果
有序地等待被救赎的命运
电视屏幕上,似乎有一种精神力量

牵引我的灵魂,把我带向
另外一个繁华世界
从心脏悬空的激情渴望

到一张红牌罚下的落寞背影
我可以按下遥控器的暂停键
自我欺骗,却不能阻止
现实

生活的迷茫和无奈
假如人生是一场直播的赛事
多少人因不按规则

收到一张红牌而出局,但时光

绝对不会因为惋惜而停止转动
黑暗和光明之间,隔着一道心墙

在恐惧未知的世界里,我们
所有的悲欢离合,是不是
也正被某个空间的眼睛注视着?

作为一个伪球迷
我只是随波逐流的平庸之人
无法在一杯酒中寻找答案

刺　青

一条疤痕趴在手臂上
狰狞地控诉着往昔
凸起的痕迹摩擦着指腹的神经

细长的针头一次次割开一条线路
伴随着丝丝鲜血形成一个图案
翻涌的巨浪溅出朵朵花韵

一轮弯月在海平面升起
在力量与柔美之间，几颗星星
忽闪着露出笑意，我似乎

忘记了手臂上的灼痛和
肿胀的伤痕，这一刻整个图案
覆盖了所有不堪的回首

或许这是自我欺骗的另一种方式
但我不愿意把这种欺骗埋葬

站在悬崖边上

一个人形的影子
诡异地发出尖叫,刹那间
无数个同样的身影聚集在一起

咒骂声、数落声、哀号声
回荡在房间的每一个角落
她蜷缩在床边,眼尾的泪痕

瑟瑟发抖,仿佛她只要睁开眼睛
那群恶魔就会将她推向深渊
耳膜充满撕裂的痛感,她

发疯一样跑到紧闭的窗台
受到惊吓的鸟儿忘记了
原始的能力,失重感带来的头破血流

把整个天空染成红色和黑色
不知何时,一股液体
通过一支细细的针管流入体内

没有梦,没有时间,没有恶魔
甚至连最基本的情感

都按下了暂停键,她没有了自我

又到了吃药的时间,涣散的眼眸
盯着洁白的墙壁,嘴巴机械似的张开
她忽然笑了,接着又哭了

不管天使以怎样的方式存在
此刻守护在她身边,那双充满疲累
与疼爱的双眼,是唯一的安全感

第四辑

时间尘屑

蓝色哀歌

一

风雨不分时节地瞄向大海
莫扎特和鲸鱼在各自的世界里
把身体埋在更深的渊底

海燕还在黑色葬礼的情节里飘忽
一块空心石在生死轮回的夹层中痛哭
此刻的天空,只是空白的幕布

那些在黑暗中活着的生物组成
合唱团,所有人间爱恨与
江湖险恶,终将被大海包容

一个渔家女子的幽魂扑浪而来
她的呼吸声被一根鱼骨打磨得
尖锐,像桨橹用灯塔翻掘骸骨

墓碑把海面照亮,当蓝色的反光
被暴雨吞噬,大海抽搐
又有一个水手被蓝色漩涡收容

透明的蓝布下诅咒,寒冷被寒冷控诉
每天的惨痛,早已无法让它
站在孤独之外,一艘船

打出白帆,一滴血开始繁殖
这并非是在古老书页里翻出的沧桑
能被记住的只有残息的肉身

坏死的桅杆,用十倍的音量号哭
脚下的血河,亡灵才能看见
假如幻象是大海唯一的

指向,我只用一根针就能刺探
她的心思,而人们看见的
却只有海岸线的忧郁

二

躲进感伤主义者的世界里
孤独以空和空来计算
空的距离,就像死亡丈量

生命的长度,篝火把寒冷
烤出热血,蹦出的火星
注定生活在水火之中

梦想和一粒米相遇,搁浅的船
是被大海疏离的远亲
我厌倦了眺望,这海滩的悲凉

没有留下细微的痕迹
满目灰蒙,天空在海平线上
漂流,横跨赤日与苍穹

守着一盏海灯,岁月驮着
背包颠簸,唯美主义与我
交换空间,看不到海底

最黑暗的恶灵,贝壳
充斥着咸味,脚印把海浪
打翻,一只尚未丰满的水母

蜷缩成一块柔软的石头把梦
敲碎。大海唱断肝肠
只有海边的小木屋吊在一根青藤上

三

悬崖上的冰柱掉落,就像一把
钥匙,打开海的神秘之门
我,从你蓝色的眼睛进入深海

消失的瀑布声和遗失的月色
放下一架血肉的梯子,耳郭灌满
激流的唉声。鱼群疯狂圈住

黄白色的遗骨,没有一粒沙子
反抗不公的命运,捕猎者再次撒下
渔网,头顶盘旋的鸟,梦见了

自己的葬礼,被掏空的遗体向
海神申诉,灵魂哀号
凝视中的蓝变黑,巨浪翻涌

波塞冬挥舞着三叉戟
一瞬间就把破坏生态
环境的邪恶,卷入海的狱门

谁才是同情与被同情的那一个
被毁灭鼓舞的骨头,剥开我们
心灵深处,我们听见

海的呼吸恢复平静,裂开又愈合的
水痕,编织着死亡的自传
海底传来一阵忏悔的祷告

四

切开海域的侧面,风穿过时间

裂隙，站在浪尖上
用脚趾打探海洋的冰凉与温柔

大海，喘息着做了一个旧梦
如果大海也会哭泣，那漂浮的
白色泡沫一定是它的鲜血

没有人理会大海会不会痛
贪婪的人们只会索取更多
在海的深处，不流动的水

早已心死，浪潮、寒冷、飓风
只是它在崩溃之前的假象
水下城堡和腐烂的森林

被封锁在一个小螺号里
在呜咽的尽头更加禁言
亡灵窥探着沙滩上欢乐的脚丫

和遗留一地的残渣痕迹
这场派对剥出的暗影融入黑暗
沉思、沉睡、沉默

从衰竭到另一种衰竭
万年以后，我们都是被
大海遗忘的沙砾

黄色森林

一

一颗沙砾,把风的口袋划破
钻进秦砖汉瓦的历史画面中

站在滚烫的沙漠里,我似乎
听见胡琴弹奏着生命的印迹

一匹老马的孤独,透过沙枣花
向大漠凝望,人类几千年留下的

脚印,在流沙中映出又覆灭
沙丘额头上的皱纹,雕刻成

古老的塞外,静卧在残阳下
天地间只有黄与蓝,白与黑

拂动着长眠在丝绸之路上的棕林
风从沙海中走过,在我的脚印里

留下驼铃声,独对大漠的苍茫

我如何让它的子宫孕育绿色的种子

二

从沙砾中寻找被困万年的阿拉丁
神灯,让饱受绝望的荒原

撞响亘古的沉钟,苍老的嘶鸣声
许下一个愿望。夜再静一些

风沙如利刀般,从干涩的眼眶中
剜出一滴泪,尸横遍野的地下森林

在一只蝎子头上长出绿洲
给原本沉寂的沙海注入生命力

生命倔强而伟大,那骨血的疯狂
拉起沙幕,我们能看到砍伐者

挥舞的利斧。野生动物留下的化石
依旧沉默,灼热的黄架起一道

透明屏障,在我闭上眼睛之前
沙子和沙子已陷入寒冷的黑夜

三

把影子刻在沙漠上,让雄鹰辨识
方向,实干者心中充满绿洲

荒漠的本身并不残酷,而在沙漠中
比骆驼更难的是被沙浪一次次

淹没的坚定。风暴吐出一夜情话
石子坍塌,神志沉空游迹

夜空中的圆镜,把没有城墙的土地
打造成海市蜃楼,当一条会飞的鱼

畅快游动,打破这种神秘的意象
时间不会留下任何切口。人们总是会

在最刺骨的时候,选择遗忘寒冷和
灼热,习惯性待在温暖的当下

当习惯被习惯养成习惯以后
在时间的长河中,我们早已无法转身

摧毁或重生

我否认黎明的到来,却想看见樱桃花开
一夜的风暴,摧毁坚固的城堡
时间破碎交换着永恒,那个被困的囚徒

用一些符号当作机密,把舞动的心跳
流放在黑暗之外。血液在燃烧
一匹奔腾的野马,隐进了潮水中

踩着路上的荆棘,二月的风警告春天
此刻的火焰再一次诠释了动机的真相
我用一万字来描述"爱"这个词的深意

而一个糖果就轻易地融化成湖泊
从哪里开始又从哪里结束,月光总是
在淡蓝色的忧郁中完成蜕变

鲜花散发着迷人的香气,仿佛经历了
一场梦寐。那些兴奋的、渴望的
对抗的、躲在光芒里的沉默

与疯狂的声音,谁会在乎那
遍体鳞伤的无邪?或许多年以后
谁也不记得谁拯救了谁

一棵树的恐惧

蜷缩在树叶上的虫卵
预知一场暴风雨的来临

时间发出刺耳声
在重叠的影子下,闪电

敲碎黑暗的骨头,尸骸和树根
成为深渊的代言人

她的身躯,一半埋在泥土里被侵蚀
一半在风雨中,任由命运摆弄

残缺的肢体被坟山环抱
眼泪像施了魔术的喷泉

她的痛无声无息,却又
牵动整个午夜的神经

一面粗糙的镜子

把灯光调得再亮些,让我从梦的
轮廓里,看清另一个自己

夜如洪流将身体围拢,关掉某个
阀门,影子就停止了哭泣

我用一条空巷来承接你的脉息
仿佛空气也在冥想,流通缓慢

黎明沉郁着,灯和酒互为情侣
当爱的火焰熄灭,我看不清

你朝我转身时的隐喻,就像
面对一面粗糙的镜子,只有

不太光滑的表面倒映着变形的面容
欢喜和失望总是成为正比

悬挂的蜃楼和下沉的明月
究竟哪一个才真实?

谁是胆小鬼

生活在水深火热的蚁穴里
眉间蹙成一个结,三分钟的沉默
足以让一个世界坍塌

饮下一杯苦酒,就像咽下了
未曾实现的蓝色诺言
聪明的人,从不会先打破分别的僵局

或许我本就是个正直的坏人
宁愿戳破虚假的满目星辰
也决不做一个逃逸者

我不懂雪,雪却懂我

雪还没有下时,月光在苍穹之上
暗淡,一颗玻璃纽扣倒影着
模糊的枯草和落叶,哭泣

伸开手指触摸天际中的孤星
那穿透黑夜的迷雾哀号着
被打破的平静。我站在无人的荒野

交出真心与黑夜兑换一丝温暖
心脏凝固的血液开始倒流
仿佛听到一个熟悉的声音在呐喊

火柴燃烧的刹那点燃空无的灵魂
香烟把生命交与我,我却只能
留一半任它在空中盘旋、消散

雪花飘下来时,洁白覆盖大地
把身体平躺,感受片片花瓣的冰凉
我闭上眼睛任由自己飞翔

我看不清泥泞里被掩埋的脚印
看不清慌乱的人生狭缝和丢弃的玫瑰

犹如看不清雪花在掩埋秋天的遗憾

白茫茫的世界，除了敬畏还有凄美
当我刨开厚重的雪，找到那朵带血的玫瑰
才发现我不懂雪，雪却懂我

烟花坠落之后

所有短暂的美好,都在它达到
巅峰的时刻忘记了所有遗憾

烟花的魅力不在于它绽放的光芒
而在于它从空中坠落时的凄美
和尽情释放后的释然

那被片片雪花扎伤的季节

黑夜睁着眼睛,舔舐世界的伤口
星辰的记忆,滞留在被一杯残酒
染色的离愁里,一枝寒梅

突围禁地,那渺小的躯体
给死亡留下了多少遗温
成为空白意念中仅存的一缕呼吸

雪崩之前,洒落在界碑上的月光
若即若离,无法辨识性别的血脉
投放旷野,奔涌、呐喊,直至干涸

夜空填满风暴,枯木燃烧
酿成旷世悲剧,熟悉的人开始对立
比弹孔还要陌生。我们偏安一隅

默想:发生思想冲突
要用多少怜悯之心来填补春天
那被片片雪花扎伤的季节

语言的实验

潮水退去,又卷土重来
浪花拍打肌肤的脉搏
热血与冰冷之间,塌陷

一只海鸥长鸣,把晚风
锁在半句承诺中。紧握的双手
无法预计心魔的走向

如何让孤独落在实处?焦灼的心声
比毒酒还难以下咽,逆行的夏天
装作和冰寒为伍,克制的与被克制的

也不过是穿越清晨和暗夜的残月
心脏多么坚强,看它依然跳动
心脏多么脆弱,看它血流成河

清晰的梦装在玻璃杯中
这平行的世界从不言语
未来又如何落在掌心的纹路里

夜半的声音

向前走几步,我们就可以从夜晚的
嘴唇里,摘下桃花的娇羞来

那个站在风浪中的守夜人手持灯盏
贴近心灵深处的火焰,遥远而神秘

一条被淡水牵挂的鱼,沉吟在海水的
咸湿里,时间的水面如一片旷野

明亮又隐若。丝绒般的月色托起
你拖欠已久的承诺,这空想的寂静

越来越狭窄的世界,把脚跟羁绊
不按逻辑运行的黑夜,面无愧色

打开时空纬度的侧面,星辰坠落
三千烟火如梦,流萤轻叹无家可归

泪　迹

把尘土扬入空夜，那个挥舞
梦想的人，已醉在草丛中
天空一阵眩晕，暴雨即将来临

烟火嘲讽夜幕的灰烬
草木悲鸣，无所适从的风
钻进裤管，探寻命运的路途

那些沾满脚踝的泥土，彻骨生寒
黑与黑之间挤满不可诉说的伪善
戴上眼镜也无法看清云霓的假象

碎瓶割裂往昔，内心的山洪暴发
时间之河改变了航道，我不知道
一滴眼泪要流浪多久，才能归依

灰色的大海？潮涨之后未必潮落
没有清泉的默许，眼帘只能枯干
谁规定空荡的房间会有回忆？

谁命令离殇的雪漫天飞舞？
遗忘吧！没有起始和结局的诗句
月沉睡于泥湾，风沙唤醒一堆白骨

变色杯

一个只穿了内衣奔跑的人
是放飞灵魂后的勇士

没有翅膀的鸟,即使躲在
天鹅湖里也是一只丑天鹅

普通和珍贵之间
存在的不仅仅是对美的解读
还有用肉眼看不见的光

用普通的白绘制一片樱花林
刻印在淡蓝色的杯面上
只是蓝白相间的普通杯子

当滚烫的开水倒进杯子里
热分解技术和化学反应
让白色的樱花林瞬间映红了脸颊

此刻的茶杯就像一块
富有生命的土地
让鲜活的樱花开遍旷野

从一个茶杯看人生
我们是没有翅膀的鸟
也是穿着内衣奔跑的人

时间重叠后的多维度力量

顺着一颗螺丝的纹路
打开整个车间的流水线
曾经的野蛮劳动轨迹
显得忐忑不安

卷入车轮的断发
被冰冷机器吞噬的血液
破碎的夜晚,睁着眼睛
沉默……

时间就像扛着风的摄影师
打开悬浮列车的大门
它的胸膛宽阔而明亮

自动摇摆的机械手
把爱和恐惧留在魔幻的编码中
隐形的线路站在高科技的台阶上
梳理死神曾经留下的细节
这血肉之躯,用爬行的时间
从站立到飞翔
用不眠之火
和宇宙搏斗

看着铁与铁的凝视
那个流水作业的女工
叹息着内心涌动的碎片

全自动机械化作业
在一个小小的荧幕上跳动
她的笑容带着致敬
手指以静默又炙热的姿态
去开启云彩的新礼节

解读攀登光明的一道道阶梯
我们不愿意提起伤痛
我们又常常回忆伤痛
当人认知了生命的瞬间
没有哪一种创新是永恒

在没落的旧工业时代和
创新科技的新工业时代
只要被我们所需要的都是伟大的

那些在旅途中"死去"的黑暗
在太阳升起的时候
都是值得歌颂的黎明

自动摇篮里的未来

婴儿离开妈妈的怀抱
相处最多最有安全感的
就是那一个小小的婴儿车

儿歌,轻音乐,大自然的秘密
都在这个摇篮上的一颗小按钮下
流淌出来

自动滑轮和交错复杂的管件
支撑起整个车身
套上防水遮阳的顶篷
就像缩小的跑车载着梦想等待王者

安全带减震且柔软
绑住腰身的同时
拒绝了未知的危险

母亲把温暖的手掌
放在推行把手上
轻柔晃动……

天籁之音回荡在小小的婴儿车里

这一刻或许天边的云彩
也在羡慕摇篮里
小天使迷人的笑容

英雄在心中

站在一块石碑前,望着那些
耳熟能详的名字,我的神经开始

绷紧,漂亮的文字如同一把暗箭
目光所到之处充满灼痛感

时间开始倒退,直到停止在
那些坚毅的脸庞和鲜红的衣襟上

黑暗渴望光亮又惧怕光亮
用鲜血铸就的光,就像心中的余震

枯黄的叶子缓缓落下,比落日静默
却比清晨的阳光更加耀眼

无声的风充满谦卑,催逐万物
不要惊扰奉献完一生而沉睡的灵魂

孔

草木尚在春秋的经卷中修行
我独自披着初夏的曦光
走到先贤的地界
凝视那块刻着
"洙源萃秀,泰岳钟灵"的石碑
找到被烟雨和流云供奉的人

擦拭掉历史的微尘,让一块石头
从无意识到意识,时光轻缓地
在天空中种下被诸子
共用过的词根:礼仪之邦
置身于周游列国的途中
我仿佛看见他一个人的行迹
足以世泽所有孔氏后裔

七十二贤追随,三千弟子抛洒
思想的火把,在历史的洪流中
燃放,照亮了东鲁大地
以及拥挤在量子时代的楼宇
也照亮了我这双
摊放着《论语》的手掌

孔,一个在时空中
哺育子嗣的汉字,让我们在
母语的光泽中越过族群的界限
架起沟通七个世界一个星球的
桥梁,用儒者的指尖点化人间

看似只有四笔的简单文字
牵系一个姓氏的缘起
那是从商王朝世代繁衍而来
踏着岁月的流变与苍茫
完成的群体生命谱系
用不乱的辈分,与万物的秩序
和道义,保持互敬

在两条不同的河流间游弋（代后记）

风总是在无意间吹落心中的花瓣，雨总是在没有撑伞时落下来。当一个人坐在草地上看着一轮弯月朦胧的形态，我的思绪也开始乱了起来。

生活在繁华的都市，脚步被霓虹下的蛛网所牵绊，有多少情非得已和无奈锁住这座城。从开始写作到现在已经七年，内心的河流顺着意识自然流淌。夜深人静时，在几平方米的书房里敲击着文字，每一个标点符号都承载着我的梦想和方向。

倘若生命是一首诗，那么文字中的"意象"之美，奇妙的"梦幻"和无限的"想象"，就能涵养一个写作者的灵魂。倘若小说是反映人生百态和记录自己生命乐章的方式，那么里面的细碎情节和跌宕起伏的故事，最能表达一个人的心性。

2015年，我的第一部不太成熟的玄幻小说出现在网站上，那时文笔不够老练，我会日夜不断地看书，去学习别人的写作方法和表达方式。收到签约合同时，从未有过的喜悦充满了我的内心，那种被认可的感觉穿透着每一个细胞，我的血液开始沸腾。读者的每一个留言和建议我都会认真回复，我仿佛能够看到他们对我小说作品的无限期待。

在飞速发展的现代社会，除了工作的压力还有生活的压力，每个人都需要一个精神支柱。玄幻小说，让我可以驾驭着天马行空的想象去解构人间万象，我试图用写作创造出一个与精神世界平行的生活，来书写情感上的寄托和精神上的追求。这种写作让我努力，拒绝平庸，追求自由自在、不受拘束的写作方式，头脑中很少有条条框框的束缚。玄幻小说里的故事大多都是虚构的，虽不能呈现真实的生活场景，但故事本身就是作为现实的隐喻而存在的未来样态。通过想象缔造的美好世界，何尝不是我们追求精神自由的情感体验？玄幻小说具有扑朔迷离的特征，它难以捉摸而又令人欲罢不能。当我把自己包藏在神秘的面纱中，在孤独中编织着美妙动人的言情故事，去追逐梦想与幸福的人生往事时，我在虚拟世界"片刻的存在"中，发现了超越的维度。固然是我在创造着故事中的人物，可真正有生命力的人物，会在某一刻脱离我的掌控兀自行动，打开玄关一窍，发现一个无暗物质星系或颠覆暗物质定义的天体。

一个优秀的写作者，必定是追求宽阔性写作。在我写完9部玄幻小说之后，最近两年，开始体悟到写作者本身应该具备一种"异常"特质，现在我更懂得时刻掌控全局。创作玄幻小说的同时，我又开始写诗，以诗的方式在现实，生活中寻找梦，创造梦。

文学有一种魔力，早已成为我生命中不可缺少的一部分。我从黑格尔、柏拉图、康德、海德格尔、荣格、弗洛伊德的文字中呼吸，并沉潜到意识的底层去，沉潜到心灵幽暗的底部去，在"黑洞"中找精神去看"海象"。从《诗经》《论语》《史记》《山海经》和四大名著等诸多经典名著中寻找文学的根源，解读文字的美与魂，灵与骨。很多时候，我也会告诉自己，如果任何一种美的形式都离不开精神和自由，那么文学绝对是最能表达精神和自由的载体。在尘世生活中，我总是揉着双眼，试图从梦幻中辨别这个世界的轮廓。我觉得，生活在此时此刻，应该面对自己的生活，思考从过去到现在、传统与未来的"勾连",并把这种"勾连"紧密地结合在一起。

在我的诗歌创作中,古典意境和当代意象相互融合,从未分开。传统意蕴与现代语境,在不断碰撞中产生新的东西,所以传统和现代的结合也是自然而然发生的。

诗歌创作和玄幻小说写作不同,诗歌通过意象连通现实与内心,从而形成一种"通感"。用唯美的词语或者根本不相关的某些词,达成一种跳跃又不失连贯的表现方式,这不只是体现在断句和分行上。诗歌创作是有难度的,倘若对母语的净化,提升没有贡献,那算不上成功的作品。

在各种文体中,诗歌是最能表达自由的文体,但又是自身受限制最大的文体。诗歌创作,让我更加清晰地感知事物,也让我有很大的空间去表达自己的想法。在诗集《墨尘》里,"现实"和"梦境",既是两种具有符号意义的存在,也是一抹具有神经质般痉挛的忧伤和神秘……我好似在梦境中喃喃自语,又听命于现实生活中最谦卑、最普遍的真理。而怜悯心和疼痛感,是我与世间万物的潜在情谊。我深入自己的内心深处,始终找寻关于爱的词汇,寻找更新颖的言词。

生命的诞生就像一场缘定三生的邂逅,任何人无法预设,也无法选择。我总是和"梦境"保持着一种"默契"。面对现实社会,小说的陈述会更容易,而当我逐渐熟悉诗歌的特性和创作规律后,就想回到诗意的心灵性,不去强调故事性,因为诗歌的意向表达性,更能呈现"现实"或"梦境"的肌理效果。诗歌写作,应该是一种欲言又止的意会,而不是钢筋水泥般的直接呈现。

文学创作的道路充满曲折和坎坷,写作者总是孤独的。我喜欢在夜晚写作,万物皆睡,当我掀开黑夜的言词,被梦碾压过的时光，不仅仅是几行残句和一径墨香，还有无边的孤独。有时候在文字的海洋里，我就像一页孤舟，会迷茫，找不到方向。孤独就像幽静的流水，在沉默里流遍我的内心。但我静下心来，听一首巴赫、莫扎特、柴可夫斯基或其他古典音乐大师的作品，又会从超越时间概念的旋律中重新出发，把写作的孤独感当作船桨，去拨开所有的"暗礁"。

激发一个小说作家写诗的内因和外因，与维持自己精神与生存的东西往往不尽相同。我是否能找到能量，让理性控制自己的感性，来注视这个陌生的世界？前段时间我创作了一部全新的作品，我之前从来不敢，或者没有条件写的作品——关于抑郁症题材的小说《遗失的花瓣》。我觉得自己能用纯文本的手法，讲出一个新的故事。并思考人类的命运，人与自然的关系。通过对西方哲学的学习，把哲学看作推动想象的力量，开启了一个新的视野。我知道哲学的理性可以睁着眼睛，做那些非常瑰丽，而且配得上具有思辨色彩的梦，并从中汲取营养，创造出幻想和语言的世界。

诗歌和小说的同时创作，让我从一个领域不断地跳跃至另一个领域，从"现实"到"梦境"，从"梦境"又不断回到"现实"，这两种互相转变的文学，让我从博大精深的文字中去探索，在精神层面寻找另一种时空。

乘长风而至，在蓝天白云间徘徊，有形的翅膀掠过无限江山，我从一只云雀的唇齿间听懂了飞翔的意义。当我的影子逃离虚空，我已触到大地的律动，这旷野里狂奔的忧郁，唤醒对尘世如斯的迷恋。

眼见过雪压寒枝的人，都会有一种信念，深信春天将从天外抵达。荒草里深藏着时间的秘密，花香留给有准备的人，美好的生活也一样，我们需要关爱，需要被关注，更多的时候我们要学会用另外一些超脱现实的想法去爱惜自己。打开一本书，吸收里面有价值的养分，用新奇的眼光去打量这个世界，我想世间美好会时刻萦绕我们。

推荐语

爱因斯坦说"想象力比知识更重要",网络作家孔鑫雨擅长想象的特质,在其诗中再次得以呈现,它们来自现实,却又有点缥缈淡远,空灵不知来处。她将古典诗歌的中和温润渗透到现代语言里,含蓄而不那么锋芒毕露,让读者能够共情共鸣,置入生命体验。

——诗人杨克

鑫雨是小说家,也是诗人。这两种文体的呈现方式、艺术特色差异甚大,但她都能很好地把控,收放自如。她的小说是讲别人的故事,她的诗则是披露自己的内心。鑫雨的诗追求语言的新奇,表达的别致,善于打破现实与生活的既有状态,并通过自己的匠心对其进行剪裁、拼贴、重组,形成了一个个既熟悉又陌生、既超然又可感的诗意场景。这些场景并不是没有生命的文字空壳,她独特的语感、思考是串起这些碎片的黏合剂。她注重向内的深入,我们可以从她的诗中读到困惑、迷茫,读到矛盾、纠结,更可以读到年轻女性的细腻、敏感、梦想、渴望与追寻。

——评论家蒋登科

孔鑫雨的诗歌写作令人称奇!那些诗歌中的奇幻之美,毫无疑问带有她早期写作实验中的影子,充满着想象力带来的斑斓瑰丽、灿烂卓诡。更令人惊奇的是,孔鑫雨在诗歌这里,获得了超越她具有重要影响力的玄幻小说写作的力量，感受力丰富细腻，表达机智、深邃又舒缓自如。

——诗人蓝野

　　孔鑫雨是一位有着惊人写作体量的网络玄幻小说作家，获粉无数，近年又兼事诗歌创作，且一发不可收。作为诗人的孔鑫雨，从传统"唯美意象"的精心营造到"及物性"和"口语化"的有意让渡，从繁复急迫的"移情密植"到语调低缓的"水落石出"，从"室内抒情"转向"旷野凝视"，呈现一种不断生长和扩张的姿态，这不仅仅是一种语言的"变形记"，同时也是从"乱云飞渡"的精神困境中脱身而出、重新找回安身之所的必经之路，是一颗在深夜徘徊、不羁自纵的灵魂找回亲爱的语言的自我救赎之路。

——作家、诗人方舟

图书在版编目（CIP）数据

墨尘 / 孔鑫雨著. -- 武汉：长江文艺出版社，2023.3
ISBN 978-7-5702-3014-3

Ⅰ. ①墨… Ⅱ. ①孔… Ⅲ. ①诗集－中国－当代 Ⅳ. ①I227

中国国家版本馆 CIP 数据核字（2023）第 031718 号

墨尘
MO CHEN

责任编辑：胡 璇	责任校对：毛季慧
封面设计：源画设计	责任印制：邱 莉　王光兴

出版：长江出版传媒　长江文艺出版社

地址：武汉市雄楚大街 268 号　　邮编：430070
发行：长江文艺出版社
http://www.cjlap.com
印刷：湖北新华印务有限公司

开本：880 毫米×1230 毫米　1/32　　印张：5.25　插页：6 页
版次：2023 年 3 月第 1 版　　2023 年 3 月第 1 次印刷
行数：3790 行

定价：58.00 元

版权所有，盗版必究（举报电话：027—87679308　87679310）
（图书出现印装问题，本社负责调换）